VENTE

DES

Vendredi 16 et Samedi 17 Mars 1894

HOTEL DROUOT, SALLE N° 11

A 2 HEURES 1/4

BEAU MOBILIER

DE STYLE

PORCELAINES ET FAIENCES ANCIENNES

BRONZES, MARBRES, TERRES CUITES

Tableaux Modernes, Miniatures

BIJOUX, OBJETS DE VITRINE

TENTURES, ÉTOFFES, TAPIS

EXPOSITION PUBLIQUE

Le Jeudi 15 Mars 1894, de 2 heures à 6 heures.

M° Eugène THOUROUDE	M. A. BLOCHE
COMMISSAIRE-PRISEUR	EXPERT PRÈS LA COUR D'APPEL
32, rue Le Peletier, 32	25, rue de Châteaudun, 25

Chez lesquels on distribue le présent Catalogue.

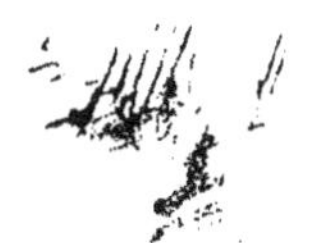

PARIS — 1894

PARIS. — IMP. GEORGES PETIT, 12, RUE GODOT-DE-MAUROI.

CATALOGUE

D'UN

BEAU MOBILIER

DE STYLE

Salons en bois sculpté et doré, couverts en damas de soie jaune
et en tapisserie.
Chambres à coucher, en noyer et en palissandre. Tables en marqueterie.
Consoles. Table tric-trac. Glaces. Commodes. Bahuts.
Sièges. Bureau à cylindre de Grohé. Secrétaires. Fumoir oriental.

PORCELAINES ET FAIENCES ANCIENNES

BRONZES, MARBRES, TERRES CUITES

Tableaux Modernes, Miniatures

BIJOUX, OBJETS DE VITRINE

TENTURES, ÉTOFFES, TAPIS

DONT LA VENTE AURA LIEU

les Vendredi 16 et Samedi 17 Mars 1894

HOTEL DROUOT, SALLE Nº 11

A 2 HEURES 1/4

Mᵉ Eugène THOUROUDE	M. A. BLOCHE
COMMISSAIRE-PRISEUR	EXPERT PRÈS LA COUR D'APPEL
32, rue Le Peletier, 32	25, rue de Châteaudun, 25

Chez lesquels on distribue le présent Catalogue.

EXPOSITION PUBLIQUE

Le Jeudi 15 Mars 1894, de 2 heures à 6 heures.

CONDITIONS DE LA VENTE

La vente sera faite au comptant.

Les Adjudicataires paieront **cinq pour cent** en sus
des enchères.

Paris. Imp. Georges Petit, 12, rue Godot-de-Mauroi. — 439-94

DÉSIGNATION

OBJETS D'ART

ET D'AMEUBLEMENT

1 — Ameublement de salon, en bois sculpté et doré, style Louis XV, couvert en damas de soie jaune, composé de deux Canapés, deux Fauteuils et quatre Chaises.

2 — Quatre Décorations de croisées, en même étoffe, avec deux Galeries en bois sculpté, style Louis XV, garnies de franges et d'embrasses assorties.

3 — Table de salon, en marqueterie de bois, ornée de bronzes, style Louis XIV.

4-5 — Deux Tables à jeu, analogues au numéro précédent.

6 — Tabouret, forme X, en bois sculpté et doré, couvert en velours de Gênes, fond crème à fleurs en polychrome, encadré de velours chaudron capitonné.

7 — Console en bois sculpté et doré, formant jardinière, dessin à guirlandes de fleurs et rocailles, dessus en marbre blanc, style Louis XV.

8 — Table liseuse en bois noir, dessus en marbre rouge griotte.

9 — Paravent en bois noir sculpté à jour, formé de quatre panneaux en laque d'or, dessin à personnage, animaux et volatiles, sur fond aventuriné d'or.

10 — Table tric-trac en bois de palissandre, à deux tiroirs, ornée de bronzes, époque Régence. Accessoires en ivoire.

11 — Console en bois noir sculpté, rehaussée de dorure, dessus en marbre Louis XV.

12 — Support en bois noir, dessus en marbre.

13 — Grande et belle glace biseautée, encadrement en bois sculpté et doré, surmonté d'un fronton représentant un trophée d'attributs guerriers, époque Louis XIV.

14 — Vitrine en marqueterie de bois de luxe et d'ivoire, dessin à fleurs et feuillages.

15 — Petit Cabinet en laque de Chine, décor à paysage, intérieur à sept tiroirs.

16 — Ameublement de chambre à coucher, en noyer ciré, style Louis XVI, composé : d'un Lit de milieu avec Sommier, une Armoire à glace biseautée et une Table de nuit.

16 *bis* — Paire de Chenêts en bronze.

17 — Commode-Secrétaire en marqueterie hollandaise.

18 — Quatre Chaises en noyer, couvertes en velours rouge.

19 — Toilette en acajou, dessus Marbre avec Glace ovale.

20 — Trois grands Fauteuils confortables, en noyer ciré, recouverts de velours vert.

21 — Glace avec cadre en bois sculpté et doré, à grands enroulements.

22 — Deux Bahuts en marqueterie de bois très fine, garnis de bronzes dorés, style Louis XV, ornés au milieu de plaques en porcelaine de Sèvres.

23 — Colonne en noyer ciré.

23 *bis* — Buste de femme, en terre cuite.

24 — Table en marqueterie, garnie de bronzes dorés, style Louis XV.

25 — Deux Fauteuils et quatre Chaises en palissandre sculpté, couverts en damas de soie jaune, style Louis XV.

26 — Deux paires de Rideaux en damas de soie jaune, avec cantonnières, en peluche rouge.

27 — Joli Bureau à cylindre, en bois noir et d'ébène, garni de bronzes ciselés et dorés, de Grohé. Signé.

28 — Fauteuil de Bureau, en bois noir, recouvert en velours vert.

29 — Deux Fauteuils recouverts en drap bleu brodé.

30 — Secrétaire en marqueterie de bois, orné de bronzes Louis XVI.

31 — Ameublement de chambre à coucher, en palissandre, composé d'un Lit, une Armoire à glace et une Table de nuit.

32 — Table de Salle à manger, en palissandre.

33 — Deux Chaises couvertes en étoffe de fantaisie.

34 — Tapis.

35 — Table-bureau acajou et cuivre Louis XVI.

36 — Petite Table Louis XV.

37 — Table de nuit, époque Louis XVI.

38 — Deux Lampes bronze doré.

39 — Cave à liqueurs, en glace et bronze doré.

40-41 — Seize Assiettes diverses.

42 — Ameublement de Salon, en noyer sculpté, Louis XV, couvert en tapisserie de La Savonnerie, composé d'un Canapé et quatre Fauteuils.

43 — Divan avec Baldaquin et trois Coussins satin brodé.

44 — Armoire-bibliothèque Moucharabi.

45 — Glace de Cheminée Moucharabi.

46 — Quatre Chaises Moucharabi.

47 — Deux petites Tables-Sièges, avec Tapis satin brodé.

48 — Paravent en satin brodé.

49 — Étagère.

50 — Petit Support avec Vase doré.

51 — Deux Portières et planche de Cheminée garnie.

52 — Porte de Mosquée.

53-54 — Chenêts « Landiers », barre, porte-pelle, pelle et pincettes en fer forgé (sera divisé).

55 — Statuette (buste de femme arabe) sur socle peluche.

56 — Deux Torchères, formées de vases en porcelaine de Chine, fond rouge haricot, surmontés de bouquets de fleurs à sept lumières, en bronze doré.

57 — Deux Vases en porcelaine fond gros bleu, formant lampes, montures en bronze doré, anses à figures d'amours.

58 — Deux Flambeaux en bronze ciselé et doré, dessin à feuilles d'acanthe et de laurier et ornés de deux guirlandes de fleurs, style Louis XVI.

59 — Suspension en cuivre poli, neuf bougies et une lampe.

60 — Pendule en marbre blanc et bronze doré, surmontée de deux amours, allégories de la Sculpture et de la Peinture.

61 — Deux Candélabres en bronze doré, formé par des enfants tenant des bouquets à six lumières.

62 — Deux autres analogues.

63 — Paire d'Appliques en bronze, partie dorée, formées de figurines d'enfants tenant des bouquets à cinq lumières.

64 — Paire d'Appliques à deux lumières, en bronze, style Louis XV.

65 — Lampe formée par une colonne en onyx, garnie de bronze. Système Duplex.

66 — Lustre formé par une coupe en ancienne porcelaine du Japon, décor à fleurs, monture en bronze ciselé et doré, à vingt-quatre lumières, style Louis XV.

67 — Galerie de foyer, formée par des feuillages et des fleurs, style Louis XV.

68 — Porte-pelle et pincettes et accessoires analogues.

69 — Paire de Flambeaux en bronze doré Louis XVI.

70-71 — Onze curieux Tableaux, scènes diverses, école ancienne de Chine, formant un ensemble rare.

72 — Paire d'Appliques à trois lumières, en porcelaine, monture bronze doré.

73 — Paire de Bras d'appliques, forme lyre, en bronze, à deux lumières, style Louis XVI.

74 — Paire de Candélabres en bronze, formés par des figurines d'enfants portant des bouquets de lys.

75 — Groupe en bronze, patine verte, style Louis XVI.

76 — Buste en bronze : *Sainte Anne pleurant*. D'après Clodion.

77 — Commode, style Louis XV.

78 — Paire de Chenêts en bronze, représentant des trophées militaires.

79 — Très beau Plateau, avec incrustations de bois et d'ivoire.

80 — Table Louis XVI.

81 — Table liseuse.

82 — Table Gigogne.

83 — Fauteuil chinois.

84 — Deux Grandes Lampes.

85 — Boîte et brosses ivoire.

86 — Deux Bougeoirs argentés.

87 — Deux Statuettes.

88 — Deux Supports en faïence.

89 — Deux Corbeilles faïence.

90 — Coupe de Chine.

91 — Verre d'eau ancien.

92 — Boîte de Couverts et Couteaux Entremets (de Christofle).

93 — Deux Ménagères.

94 — Porte-montre.

95 — Plat.

96 — Paravent.

97 — Hamac.

98 — Mécanique pour pianos, avec quarante morceaux de musique.

99 — Verseuse.

100 — Lot de Vaisselle.

101 — Lot de Verrerie.

102 — Bonbonnière argent.

103 — Bourse argent.

104 — Broche or.

105 — Bracelet or.

106 — Portefeuille avec montre.

107 — Éventail écaille et plumes.

108 — Deux Verres avec plateau, plaqué.

109 — Étagère à épices.

110 — Paires de Rideaux blancs.

111 — Lot Batterie de cuisine cuivre.

112 — Glace de Venise.

113 — Petit Lustre flamand.

114 — Veilleuse en bronze.

115 — Six Taies d'oreiller, dentelle.

116 — Trois Draps, dentelle.

117 — Lot peluche.

118 — Lot Éventails.

119 — Quatre Écrans.

120 — Deux Statuettes chinoises.

121 — Potiche ancienne.

122 — Deux Petits Vases Japon.

123 — Table à jeu.

124 — Deux Paires Rideaux perles.

125 — Châtelaine porte-montre.

126 — Lot de débris d'argent.

127 — Sachet porte-cartes.

128 — Deux Boucles.

129 — Vase fond rouge et noir, décor à fleurs et or.

130 — Paire de Vases, forme allongée, fond bleu et blanc, ornés de personnages.

131 — Grand Vase de Satzuma décoré à rehauts d'or.

132 — Petit Vase, décor perles, chimères et or.

133 — Brûle-parfums en Satzuma.

134 — Paire de Vases fond blanc, avec arbustes et papillons.

135 — Paire de Vases forme Lampe, en Satzuma, avec bandes émaillées sur fond or.

136 — Deux grands Vases de Satzuma.

137 — Potiche de Chine, fond jaune, décor à fleurs.

138 — Deux Vases japonais, richement décorés, sur fond or.

139 — Paire de petits Vases, décor Chrysanthèmes.

140 — Plat en cuivre, orné d'un médaillon.

141 — Plat de Chine, XVIe siècle.

142 — Plat Japonais, orné de sujets.

143 — Divinité japonaise, décor fleurs et or.

144-146 — Lot d'Étoffes anciennes (sera divisé).

MINIATURES

147 — Miniature : Grande dame dans un salon, avec attributs, cadre en bois doré.

148 — Miniature : Dame tenant un médaillon, style du XVIIIe siècle ; cadre en bronze doré.

149 — Bonbonnière en ivoire, ornée d'une miniature : portrait de femme.

150 — Miniature : Portrait de dame de qualité.

151 — Miniature : Portrait de grande dame, Louis XVI.

152 — Miniature : Portrait de jeune femme ; cadre bronze doré.

153 — Grande Miniature rectangulaire sur ivoire : L'Impératrice Joséphine, assise à l'ombre de grands arbres, dans le Parc de la Malmaison, d'après Prud'hon.

154 — Miniature ovale sur ivoire : Portrait de Mme Élisabeth de Bourbon, princesse de Conti ; cadre en bronze doré à fronton.

155 — Bonbonnière en ivoire, doublée d'écaille, ornée, sur le couvercle, d'une miniature : portrait de Mme Dugazon, fond de paysage fleuri.

PORÇELAINES ET FAIENÇES
ANCIENNES

---

156 — MOUSTIERS. Deux plats oblongs, décor à personnages grotesques, d'après Callot, fleurs et feuillages en vert sur fond blanc.

157 — MOUSTIERS. Plat à contours, dessin représentant un amour tendant son arc, et des lambrequins, en bleu sur blanc, d'après Berain.

158 — INDE. Compotier, décor à vase de fleurs, en bleu sur blanc.

159 — MOUSTIERS. Plat rond, décor à personnages, des volatiles et des feuillages en vert sur fond blanc.

160 — CHINE ANCIEN. — Très belle Assiette, décor à sujets mythologiques, bordure mosaïque clatrée et médaillons, paysages en polychrome, camaïeu et grisailles rehaussés d'or.

161 — MOUSTIERS. Soupière ovale, décor en vert à personnages et plantes, d'après Callot.

162 — MARSEILLE. Soupière oblongue en blanc, décor en relief.

163 — MARSEILLE. Joli huilier, décor en relief, orné de deux dauphins.

164 — STRASBOURG. Écuelle à deux anses, décor à fleurs.

165 — MOUSTIERS. Écuelle à deux anses, décor à fleurs, en bleu.

166 — MOUSTIERS. Plat octogonal représentant une cigogne au milieu de fleurs, en bleu sur blanc.

167 — MARSEILLE. Trois Assiettes, décor à fleurs, en polychrome sur fond jaune.

168 — MOUSTIERS. Plat oblong, décor à oiseaux et fleurs, en bleu sur blanc.

169 — JAPON. Statuette de personnage, décor en polychrome et or.

170 — JAPON. Statuette analogue.

171 — CHINE. Assiette de la famille, rose, décor à fleurs, bordure à lambrequins en polychrome.

172 — MOUSTIERS. Soupière ovale et à contours, décor à personnages et branchages, en jaune d'ocre sur fond blanc.

173 — SAXE, MARCOLINI. — Six Tasses et Soucoupes, décor à fleurs, en camaïeu rose.

174 — STRASBOURG. Plat rectangulaire offrant au centre un bouquet de fleurs, bordure à jour.

175 — MARSEILLE. Très belle Soupière ovale et son couvercle, décor à fleurs et rocailles.

176 — CHINE. Deux Chimères, décor vert, jaune et violet.

177 — MOUSTIERS. Banette sur piedouche, décor d'après Bérain, en bleu sur blanc.

178 — A la Reine. Sucrier, décor à bouquets de fleurs, bordure dorée.

179 — Inde. Deux Tasses et Soucoupes, décor à armoiries et bouquets de fleurs, bordures fond gros bleu.

180 — Moustiers. Soupière ronde craquelée, décor à guirlandes en bleu sur fond blanc.

181 — Deux Plats en émail cloisonné du Japon, décor à fleurs et oiseaux, sur fond bleu turquoise.

182 — Plat en grès du Japon, décor à personnages.

183 — Deux Vases en porcelaine, décor dans le goût Pompéïen, monture en bronze doré.

184 — Deux Plats en faïence de Marseille et de Nevers, décor à fleurs.

185 — Fabriques diverses. Encrier, Huilier et Pot à Lait.

186 — Bordeaux. Jardinière à anses, décor à fleurs.

187 — Groupe en biscuit de Sèvres représentant Castor et Pollux.

188 — Deux figures en biscuit de Torwaldsen. Hébé et Ganymède.

MARBRES DE MARCHETTI

189 — *Danseuse italienne*. Statuette.

190 — *Jeune fille à la Marguerite*. Statuette.

191 — *Femme nue agenouillée*.

192 — *Femme voilée*. Buste.

193 — *Enfant coiffé d'un képi*. Buste.

194 — *Enfants*. Deux bustes.

BIJOUX, ARGENTERIE

195 — Paire de Boutons d'oreilles, parés de 16 brillants.

196 — Paire de Boutons d'oreilles, ornés de deux perles fines et de roses.

197 — Broche Barrette enrichie de quatre brillants et cinq perles fines.

198 — Broche Barrette, cartes émaillées, enrichie d'une perle fine.

199 — Broche en or, enrichie d'une turquoise, une perle fine et roses.

200 — Bracelet, chaîne en or, orné de sept brillants et sept émeraudes.

201 — Broche or, forme trèfle en brillants.

202 — Peigne en écaille blonde et brillants.

203 — Bague or, enrichie d'une perle fine entourée de brillants.

204 — Bracelet en or sur argent.

205 — Bracelet cerclé or sur argent.

206 — Glace à main, en argent.

207 — Broche avec trois émaux, en argent doré.

208 — Broche or sur argent, forme trèfle à quatre feuilles en perles fines.

209 — Coupe à déguster, en argent.

210 — Cuillère à sucre, en argent.

211 — Couvert, trois pièces en argent doré.

212 — Bague en or, ornée d'une perle fine et deux brillants.

213 — Bague pensée en diamants.

214 — Bague en or, formée de cinq rubis avec entre-deux en roses.

215 — Bague en diamants anciens.

216 — Bague en or, torsade en diamants.

217 — Épingle de cravate, forme trèfle en perles fines et deux brillants.

218 — Épingle de cravate en or, ornée d'un saphir et de diamants.

219 — Trois Boutons de chemise, en perles fines.

220 — Six Épingles or et perles fines.

221 — Paire de Boutons de manchettes et quatre boutons de chemise, en or et argent.

222 — Deux Cadres en métal argenté et strass.

223 — Petite lampe à colonne.

224 — Sucrier en métal anglais argenté.

225 — Écrin en peluche bleue, contenant un porte-mine et une liseuse en argent, style Louis XV.

226 — Cachet torse en argent.

227 — Deux Cornets, monture bronze.

228 — Lampe, monture bronze.

229 — Flacon en cristal, Bouchon en argent.

230 — Cadre en argent.

231 — Écrin contenant des Ciseaux et un Dé en argent.

232 — Miniature ronde sur ivoire ; Portrait de Mme de Montesson.

233 — Croix en filigrane argent doré.

234 — Épingle de coiffure, en filigrane argent doré.

235 — Paire de Boucles d'oreilles, en filigrane argent doré.

TABLEAUX

BOILLY (Attribué à)

236 — *Portrait de Femme. Empire.*

CARESME

237 — *Portrait de Lavoisier.*
      Signé.

COROT (?)

238 — *Paysage.*
      Signé.

DRAMARD

239 — *La Charmeuse d'Hirondelles* (Hors concours
au Salon de 1878).
      Signé.

HUET (Attribué à)

240 — *Berger et Bergère dans un paysage.* — Gouache.

MASSON (P.)

241 — *Déesse dans un bois.*

MIGNARD (École de)

242 — *Portrait de femme.*

PALIZZI

243 — *Paysage animé de personnages et de moutons.*

WOUWERMANS (Attribué à Pierre)

244 — *Halte de Cavaliers.*

ÉCOLE FRANÇAISE

245 — *Déesse et Amours.* — Gouache.

Cadre ovale en bois sculpté.

ÉCOLE FRANÇAISE

246 — *Portrait de Hortense de Beauharnais.* — Gouache.

Cadre en bois sculpté surmonté d'une couronne.

ÉCOLE MODERNE

247 — *Intérieur de ferme.* — Aquarelle.

248 — Objets non catalogués.

www.ingramcontent.com/pod-product-compliance
Lightning Source LLC
LaVergne TN
LVHW011005180726
843502LV00007B/2337